I0821398

Escarabajos Goliat

Grace Hansen

abdopublishing.com

Published by Abdo Kids, a division of ABDO, PO Box 398166, Minneapolis, Minnesota 55439.

Printed in the United States of America, North Mankato, Minnesota.

102016

012017

Spanish Translator: Maria Puchol

Photo Credits: Alamy, Corbis, iStock, Minden Pictures, Science Source, Shutterstock

Production Contributors: Teddy Borth, Jennie Forsberg, Grace Hansen

Design Contributors: Laura Mitchell, Dorothy Toth

Publisher's Cataloging-in-Publication Data

Names: Hansen, Grace, author.

Title: Escarabajos goliat / by Grace Hansen.

Other titles: Goliath beetles. Spanish

Description: Minneapolis, MN : Abdo Kids, 2017. | Series: Especies extraordinarias | Includes bibliographical references and index.

Identifiers: LCCN 2016948046 | ISBN 9781624026959 (lib. bdg.) | ISBN 9781624029196 (ebook)

Subjects: LCSH: Goliath beetles--Juvenile literature. | Spanish language materials--Juvenile literature.

Classification: DDC 595.76--dc23

LC record available at http://lccn.loc.gov/2016948046

Contenido

¡Grandes insectos! 4

Cuerpo. 12

Alimentación 20

Más datos 22

Glosario 23

Índice 24

Código Abdo Kids 24

¡Grandes insectos!

Los escarabajos Goliat viven en África. Son la **especie** de escarabajos más pesada de todas. ¡Eso los convierte en los insectos que más pensan del mundo!

¡Los escarabajos Goliat pueden llegar a pesar 3.5 onzas (100 gramos)! Un petirrojo adulto sólo pesa 2.7 onzas (77 gramos).

2.7 onzas
3.5 onzas

Estos escarabajos pueden llegar a medir 4.5 pulgadas (11 cm) de largo. Son más grandes que una mariposa monarca con las alas abiertas.

4.5 pulgadas

3.5 pulgadas

El escarabajo Goliat es uno de los insectos más fuertes que existe. ¡Puede levantar hasta 850 veces su peso!

Cuerpo

Normalmente este escarabajo tiene el cuerpo ovalado. Puede ser de muchos colores. Por lo general son negros, blancos y color café.

Los escarabajos Goliat tienen seis patas fuertes. Cada pata termina en una garra afilada. Esto les sirve para cavar y trepar bien.

El escarabajo Goliat tiene unas alas exteriores duras que se llaman **élitros**. Debajo tiene unas alas más blandas. Los élitros las protegen. Estas alas blandas son las únicas aptas para volar.

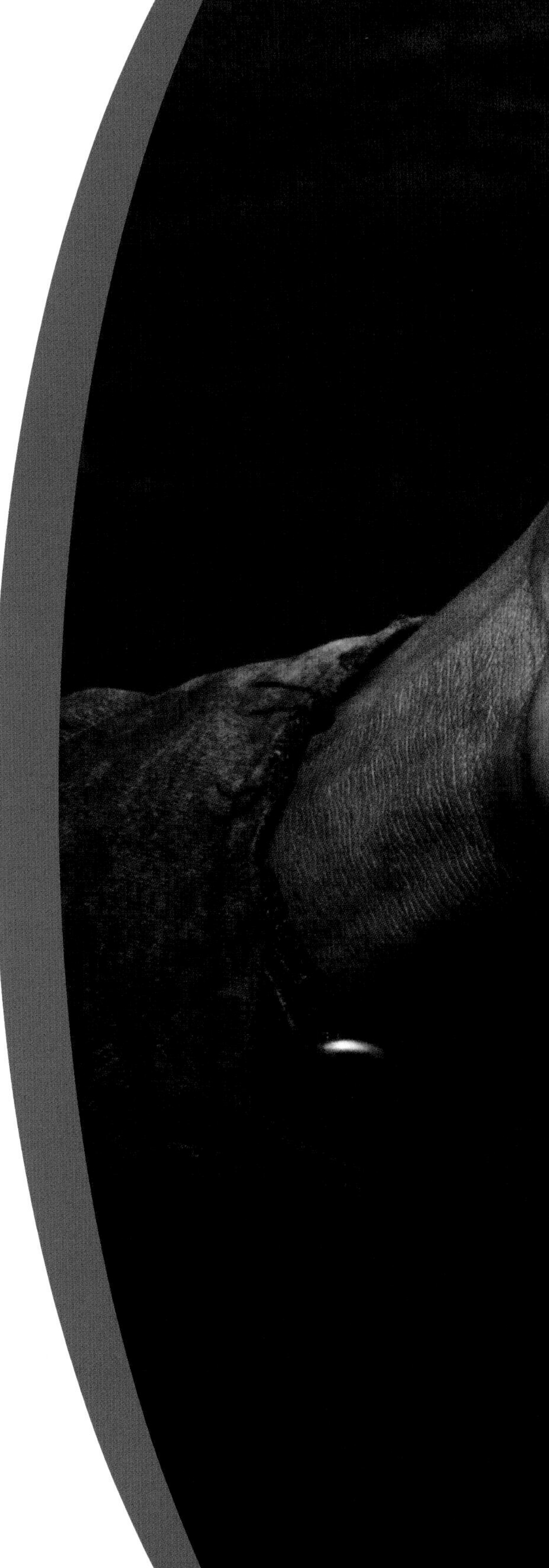

Los escarabajos Goliat son grandes voladores. Sus alas producen un fuerte sonido similar al de los helicópteros.

Alimentación

Estos insectos grandes son importantes en el **medio ambiente**. Los escarabajos Goliat limpian el suelo de los bosques. Comen plantas en descomposición y restos de animales muertos.

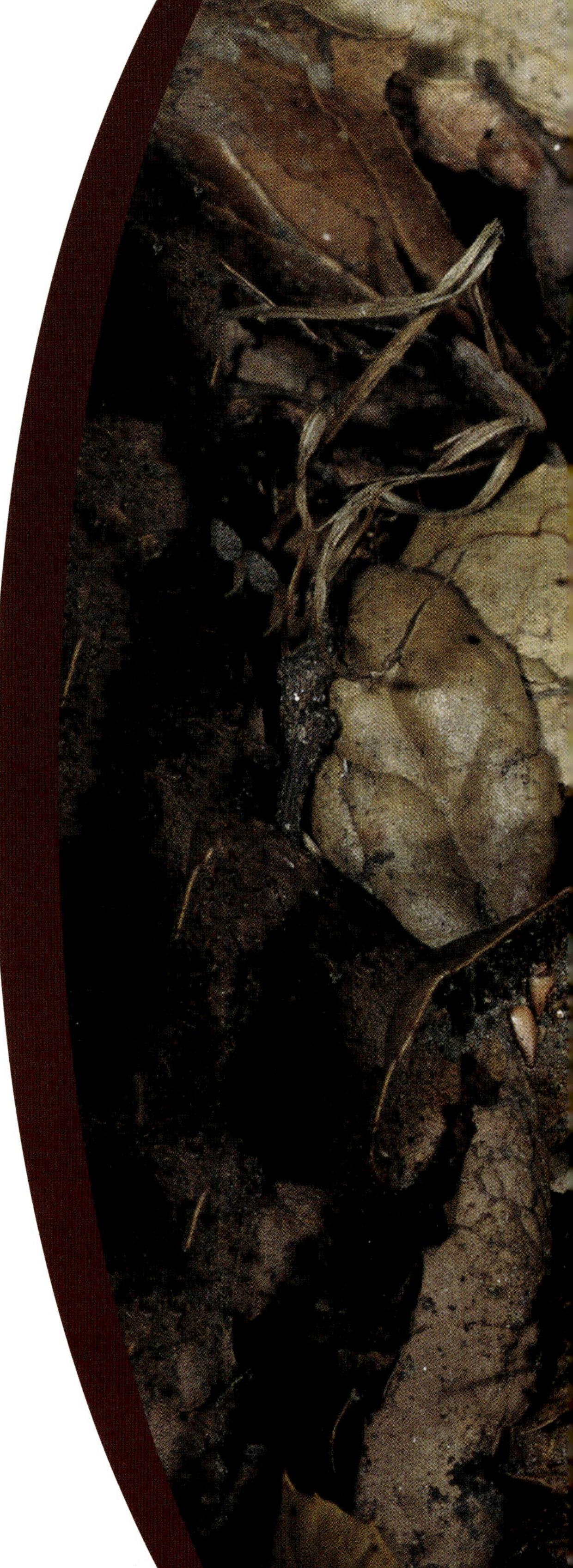

Más datos

- ¡A los escarabajos Goliat les encanta el azúcar! También pasan mucho tiempo en árboles comiendo mucha savia.
- El escarabajo Goliat también puede ser morado, verde, azul o de color dorado.
- ¡Las **larvas** de estos escarabajos forman capullos que pueden llegar a medir 6 pulgadas (15 cm) de largo!

Glosario

élitro – ala externa de los escarabajos que sirve para proteger el par de alas internas que usan para volar.

especie – grupo específico de animales con similitudes entre ellos y capacidad de reproducirse.

larva – insecto en estado de desarrollo, cuando aún es muy diferente a su forma de adulto.

medio ambiente – entorno natural en el que un animal puede vivir.

Índice

África 4

alas 16, 18

alimentación 20

cavar 14

color 12

forma 12

fuerza 10, 14, 18

garras 14

largo 8

patas 14

peso 4, 6, 10

trepar 14

volar 16, 18

abdokids.com

¡Usa este código para entrar en abdokids.com y tener acceso a juegos, arte, videos y mucho más!